El muro de piedra

Ricardo Alcántara

Ilustraciones de Montse Ginesta

ediciones **sm** Joaquín Turina 39   28044 Madrid

Colección dirigida por **Marinella Terzi**

Primera edición: abril 1994
Segunda edición: abril 1995

© Del texto: Ricardo Alcántara, 1994
© De las ilustraciones: Montse Ginesta, 1994
© Ediciones SM, 1994
   Joaquín Turina, 39 - 28044 Madrid

Comercializa: CESMA, SA - Aguacate, 43 - 28044 Madrid

ISBN: 84-348-4334-X
Depósito legal: M-13879-1995
Fotocomposición: Grafilia, SL
Impreso en España/Printed in Spain
Orymu, SA - Ruiz de Alda, 1 - Pinto (Madrid)

A mi hermana Lidia

Anna nació en pleno invierno.
Era casi medianoche
cuando se oyó su primer llanto.
—¡Vaya pulmones!
—exclamó su madre,
la reina Catalina.

—Abrigadla, ¡hace mucho frío!
–aconsejó su padre,
el rey Jacinto.

La noticia corrió
por todo el castillo.

—¡Es una niña! –celebraban todos.

Los criados formaron cola
para conocerla.
Serios y silenciosos,
desfilaron ante la cuna.
Luego,
se reunieron en la cocina.

—Es muy hermosa
—reconocían unos, satisfechos.

—Al padre se le cae la baba
con sólo mirarla
—decían otros, entre risas.

Y era cierto.

El rey pasaba horas y horas
observándola.
Por la noche despertaba asustado
si la oía llorar.

Palidecía de miedo
si la pequeña se quejaba...

A medida que la niña crecía,
aumentaban las preocupaciones
del padre.

Cuando Anna dio sus primeros pasos,
él temía que se cayera.
Cuando fue capaz de correr,
él la veía de narices
contra el suelo.
A la hora del baño,
controlaba la temperatura del agua
para que no se quemara...

No sabía qué más hacer
para protegerla.

Un buen día,
llevado por el temor, decidió:

—Será mejor que Anna
no salga nunca del castillo.
Entre estos muros
estará más segura.

13

Aunque la reina intentó
hacerle cambiar de opinión,
fue inútil.
Y Anna no salió.

Aprendió a jugar sola,
a disfrazarse
con los trajes de los mayores,
a correr por el jardín...

Cierta vez,
mientras jugaba entre las plantas,
descubrió el muro
que rodeaba el jardín.

Permaneció un momento callada,
observándolo.
Al cabo de un rato,
quiso saber:

—¿Qué es eso?

Sus doncellas palidecieron.
Se miraban unas a otras,
sin saber qué responder.
Poco después, una contestó:

—Es un muro.

Anna continuó pensativa.
Por fin,
preguntó con vivo interés:
　　—Pero... ¿qué hay al otro lado?
　　—¡Nada, nada!
–respondieron las doncellas,
siguiendo la orden del rey.

—¡Ah! –suspiró Anna, convencida.
Y creció con la idea
de que al otro lado
no había nada.
Eso tranquilizaba a su padre.
Cada día que pasaba,
el hombre se mostraba
más contento
de haber tomado aquella decisión.
«El mundo está
lleno de peligros –pensaba–.
Aquí dentro
no le faltará de nada».

18

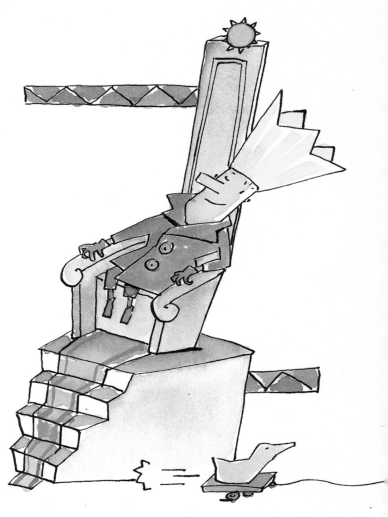

19

Cuando Anna cumplió seis años,
el rey decidió:

—Esta niña necesita
aprender a leer y escribir.

Así que salió por una puerta secreta
para que Anna no le viera,
y se marchó a la ciudad.

Regresó al cabo de una semana
con una sonrisa en los labios.
Le acompañaban tres maestros,
¡los mejores del reino!

Al verlos aparecer,
Anna preguntó extrañada:

—¿De dónde han salido?

Nadie respondió
y ella se quedó con las ganas
de saberlo.

Al día siguiente,
comenzaron las clases.

Un maestro entrado en años
le enseñaba los números
y las letras.

Con una maestra bastante simpática
aprendía música y canto.

Y un tercero le daba clases
de buenos modales.
Tenían prohibido
hablarle de lo que había
más allá del muro de piedra.
Así,
Anna fue aprendiendo
que no existía otra vida
más que la vida del castillo.

El tiempo siguió su curso
y Anna se convirtió
en una joven hermosa y coqueta.

—Me gustaría tener muchos vestidos
–suspiró un día,
plantada frente al espejo.

El rey Jacinto la oyó
y no dudó en realizar su sueño.
Esa misma semana se reunieron
en el castillo
varios sastres y modistas.
Traían telas preciosas,
afiladas tijeras
y un sinfín de originales ideas.

Anna se mostró muy sorprendida
al verlos.

—¿De dónde han salido?
–preguntó.

Nadie respondió.
Todos se comportaron
como si no la hubieran oído.

La muchacha se acercó a su padre,
decidida a repetir la pregunta.
Rápidamente
el rey hizo una seña a las modistas.
Éstas abrieron sus baúles
y mostraron los hermosos tejidos
que traían.

Anna se quedó boquiabierta.
En su vida había visto
nada parecido.
Tan impresionada estaba
que olvidó la pregunta.
Pronto dejó de inquietarle
de dónde había salido aquella gente.

Sastres y modistas
permanecieron en el castillo
más de un mes.
Durante ese tiempo
trabajaron sin descanso.
Cada día confeccionaban
un nuevo traje.

Anna estaba encantada.
Le faltaba tiempo para estrenar
la montaña de ropa nueva.

Un día,
una de las modistas
le entregó un vestido blanco.
Era realmente fantástico.

Anna no se conformó
sólo con verlo,
necesitó probárselo al momento.
Y mientras se paseaba
delante de la mujer,
le preguntó:

—¿Qué tal me queda?

—¡Estupendo! ¡Igual que una novia!

—¿Qué? –exclamó Anna–.
¿Qué es una novia?

—Pues... una chica
a punto de casarse
–respondió la otra.

Y Anna,
divertida con el juego,
quiso saber más:

—¿Qué hace falta para casarse?

—Un novio, claro está
–respondió la modista, asombrada.

Anna dio media vuelta
y fue en busca de su padre,
mientras gritaba:

—¡Quiero un novio!
¡Quiero un novio!

Al oírla,
el rey se puso furioso.

—¿Quién te ha hablado de eso?
–preguntó muy serio.

—Una modista
–respondió la joven,
sin saber a qué venía el enfado.

Aquel mismo día,
el rey puso a todos los sastres
y modistas
de patitas en la calle.

Al no verlos por ninguna parte,
Anna quiso saber:

—¿Dónde están?

No recibió respuesta.

—¿Dónde están?
–insistió la muchacha.

Silencio.

Anna se calló.
Pero al cabo de un rato,
gritó de pronto:

—¡Quiero un novio!

—¡Cállate! ¡No digas tonterías!
–le regañó su padre.

Pero ella continuó:

—¡Quiero un novio!
¡Quiero un novio!

—Está bien
–acabó aceptando su padre,
y partió en busca de uno.

Permaneció fuera
más de tres semanas.
No le resultó fácil
encontrar el novio ideal.
Al fin se decidió
por el príncipe Fernando el Callado.

Era un joven de pocas palabras.
«Sí» y «no» era casi lo único
que decía.

«Anna se aburrirá a su lado
y no querrá casarse»,
planeó el rey.

Cuando llegaron al castillo,
ya era noche cerrada.

Antes de entrar,
el rey no tuvo más remedio
que confesarle al príncipe:

—Anna cree que detrás
de las murallas del castillo
no hay nada.

Fernando el Callado
lo miró con ojos de asombro.
No podía creerlo.

—Prométeme que no le dirás
ni una palabra.

El príncipe asintió
y entraron.

Ya era tarde
y todos dormían.
Los novios no se conocieron
hasta el día siguiente.

El rey Jacinto los reunió
en la sala del trono.

Los dos jóvenes
se sonrieron con timidez
y enseguida desviaron la mirada.

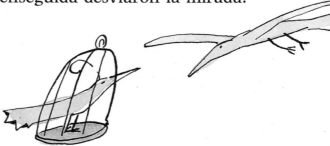

Anna le preguntó a su padre:

—Pero... ¿de dónde ha salido?

El rey, sin darse por enterado,
dijo:

—Podéis salir al jardín.

Los jóvenes obedecieron.

El rey Jacinto los observó
mientras se alejaban.
«Esta pareja no durará
más de una semana», pensó.

Estaba muy equivocado.
Con el paso de los días,
a los novios se les veía más unidos.
Anna hablaba y hablaba,
Fernando escuchaba.

De vez en cuando,
desviaban la mirada
y suspiraban, enamorados.

—¿Quieres casarte conmigo?
–propuso finalmente Anna.
   —Sí –respondió él a media voz.
   Se casaron unas semanas más tarde.
   —¡Hacen muy buena pareja!
–comentó la reina Catalina.
   —Psé... –dijo el rey,
mirándolos por encima del hombro.
No soportaba no salirse con la suya.
Durante la fiesta
no sonrió ni una vez.
   En cambio,
Anna se deshacía en sonrisas.
Y a Fernando
también se le veía contento.

   La alegría de los jóvenes
fue creciendo día a día.
Como los frutos de los árboles,
el maíz en la planta...

Y la barriga de Anna,
que también comenzó a crecer.

    —¡Está esperando un niño!
—la noticia corrió por el castillo.

    Pero se equivocaban:
no esperaba un niño, sino tres.
¡A mediados de invierno
nacieron trillizos!

Al primero lo llamaron
Jaime el Guerrero.
Al segundo,
José el Miedoso.
Y a la tercera le pusieron
Juana la Alegre.

A Jaime le encantaban
las peleas.
José se asustaba por todo.
Juana estaba siempre sonriente.

Y así fueron creciendo.
Donde iba uno,
detrás iban los demás.
Siempre juntos.

Juntos aprendieron a jugar,
a disfrazarse con trajes viejos,
a correr por el jardín...

Una mañana,
mientras jugaban a pillarse,
descubrieron el muro.
Los tres se detuvieron,
con los ojos clavados
en la pared de piedra.

—¿Qué es eso?
–preguntaron a la vez.

Se miraron unos a otros
mientras meneaban la cabeza.
Dieron media vuelta
y fueron a buscar a su madre.

51

La cogieron de la mano
y la llevaron junto al muro.

De pie ante la enorme pared,
preguntaron muy serios.

—¿Qué es eso?

—Un muro –respondió Anna.

Los pequeños continuaron pensativos.

Poco después, Jaime preguntó:

—Pero... ¿del otro lado qué hay?

—Nada –les dijo su madre.

—¡Ah! –exclamaron los tres,
convencidos.

Sin embargo,
pocos meses más tarde,
Juana propuso la gran aventura
a sus hermanos:

—Podríamos subir a lo alto del muro.

Sin pensarlo dos veces,
lo intentaron de inmediato.
Pero no era tarea fácil.
Tuvieron que bajar
sin haber llegado a la mitad.

Unas semanas después,
volvieron a intentarlo
y lograron subir un poco más.

Al cabo de unos meses,
treparon otra vez por la pared.
A cada nuevo intento,
conseguían llegar un poco más lejos.
Pero ¡era endiabladamente alto!

Ya habían cumplido quince años
cuando lograron llegar arriba.
Asomaron la cabeza,
echaron un vistazo y...
¡la sorpresa los dejó sin habla!

Les costaba creerlo.
¡No era cierto que al otro lado
no había nada!

Dando zancadas
fueron al encuentro de su madre
y, de un tirón,
le contaron el descubrimiento.

55

Anna pensó que le iba a dar algo.
Tuvo que sentarse
para no caer redonda al suelo.
Sus doncellas trajeron un perfume,
y eso la ayudó a reanimarse.

Luego,
se dirigió hacia el muro.
Intentó subir y,
aunque puso todo su empeño,
no lo consiguió.

—¡Mecachis! —protestó, enfadada.

Tenía muchas ganas de saber
qué había al otro lado.

Le dio vueltas y más vueltas
a la idea.
Por fin,
les propuso a sus hijos:

—Id vosotros y, luego,
me contáis qué habéis visto.

Ellos escalaron el muro
y saltaron al otro lado.
Luego, cada uno siguió su camino.
Regresaron tres días después.

—¿Qué habéis visto?
—les preguntó su madre
con impaciencia.

—Hay mucha gente
peleándose unos contra otros
—comentó Jaime el Guerrero,
encantado con la aventura.

—¡Qué va!
La gente no para de reír
y siempre está dispuesta
a celebrar una fiesta
–dijo Juana la Alegre
con una enorme sonrisa.

—Pues yo lo he visto todo
muy oscuro y tenebroso
–dijo José el Miedoso,
y aún temblaba del susto.

—¡Vaya! Vuestras explicaciones
me sirven de muy poco.
Tendré que verlo
con mis propios ojos.

Pero ¿cómo lo haría?
Se sentía incapaz
de escalar el muro.

Permaneció un rato pensativa,
hasta que se le iluminó la cara.

—¡Haré construir una puerta!
–gritó entusiasmada.

Cuando la puerta estuvo terminada,
Anna se dispuso a salir,
aunque tenía un poco de miedo.

—No lo hagas
–le aconsejó su padre.

Ella hizo como si no lo oyera.

—Déjalo para más adelante
–le propuso su esposo.

Anna ni siquiera respondió.

—Si quieres, podemos acompañarte
–se ofrecieron sus tres hijos.

Ella dudó.
Luego, mirándolos a los ojos,
les dijo:

—Gracias, tengo que hacerlo sola.
Necesito verlo a mi manera.

Y con paso firme
atravesó la puerta.
Había llegado el momento
de descubrir
qué había detrás del alto muro.